KB237272

너에게 들려주고 싶은 이야기

너에게
들려주고
싶은
이야기

● 윤세호
그림쟁이를 지향하는 소심한 A형인간
- seho3@hanmail.net ●

"다만 시시때때 머리에 떠오르는대로,
그리고 옮겨 적다 보니까 여기까지 왔네요."

두 번째 그림책을 만들면서…

너에게
들려주고
싶은

이야기

너에게 들려주고 싶은

이야기

초판 발행일 / 2006년 10월 25일
글 · 그림 / 윤세호
Design by / 미켈란 디자인
펴낸이 / 나영찬
펴낸곳 / 서울특별시 동대문구 신설동 104-29 MJ미디어
전화 / 02-2234-9703, 2235-0791 팩스 / 02-2252-4559
등록번호 / 1993. 9. 4. 제6-0148호
www.gijeon.co.kr
값 / 8,500원
ISBN 89-7880-157-9

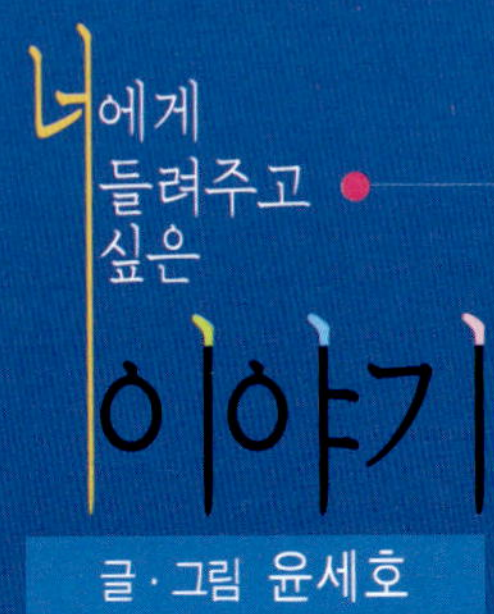

MJ media

네 마음을 알면…
달라지는것이
뭐가 있을까?

~단지 쉼표일
뿐이야…

…당신에겐

시작점입니까?
끝점입니까?

두 번째 사랑

두 번째 사랑

지난 여름 그 무덥던 폭염에도
한겨울 꽁꽁 얼은 추위에도

너와 난
사랑에 아파했고
그리워하며
힘겨워했고
결국엔 지겨워했다.

사랑이 뭔지 조금이라도 알면
그 사랑을 가질 수 있을까?

가지지 못한 사랑이 소유하지 못한
내 애절함을
또 어떻게 무슨 이야기로
표현하려 함인지…

누우면 발끝이 닿는 작은 방에서
나지막이 읊조려본다…

"그래도 조금씩 나아질꺼야
사랑을 하면
조금씩은…"
그래 사랑을 하면…

두번째 사랑…

사랑에 빠지다
딸꾹똔

(사랑에 취하다)

그 사랑이 너무나 독해서

아직도 깨이지가 않는다.

이젠 벗어나고 싶은데

그 사랑이 너무나 독해서

너무나 취해서

너무 진해서

몽롱한

눈 물 만 흐른다.

그
녀에게
10년 전의 우린 어떠했을까?
5년 전의 너와 나는 어떠했을까?
2년 전의 당신과 나는?
한 달 전쯤의 그 사람과 나는?

…

그 사람은 이제 10년 전의 5년 전의…어제의 그 사람이 아니다
지금은 나도 아니다

어제의 나를 못 믿고… 2년 전의 나를 기억하지 못한다
나는 그때 어떠 했을까 ?
무슨 사랑을 말하고 있었는가 ?

10년이 지나고… 천년이 지나도
내가 오늘 말하는 그 사랑을 지킬 수 있을까 ?

사랑은 그렇게 오고 가며… 지켜지는 것일까?
그렇다면… 나에게 사랑은 다시 안 오는 것일까 ?

지하철을 타면서, 버스에서 내리면서, 길을 걷다가

난 오늘도 과거에 한번은 스쳐지나갔을 듯 싶은 나의 운명적인 그녀를 찾는다

사랑하는 만큼 가질 수 있다면…
정말로 행복 하겠네요…
날 끝까지 믿어주세요…
부디…

~당신이 원한다면
저 하늘의 별도 따다
드릴 수 있어요...

단, 끝까지
기다려야만 합니다

지금부터 시작 !

****** 사랑이 오는 소리

사랑은 온전한 사랑으로만 다가오는 줄로만 알았다
그러나… 그 숱한 잦은 만남과 우연들 혹은 우연을 가장한 만남들 속에 서서히 작은 감정들이 싹터 이윽고 온전한 사랑으로 클 수 있음을 지금은 믿는다. 앞으로는 독한 사랑을 하지 마세요! 서로에게 상처를 주는것은 사랑이 아니야.

정말로... 정말로...

그럴 수 있을까?

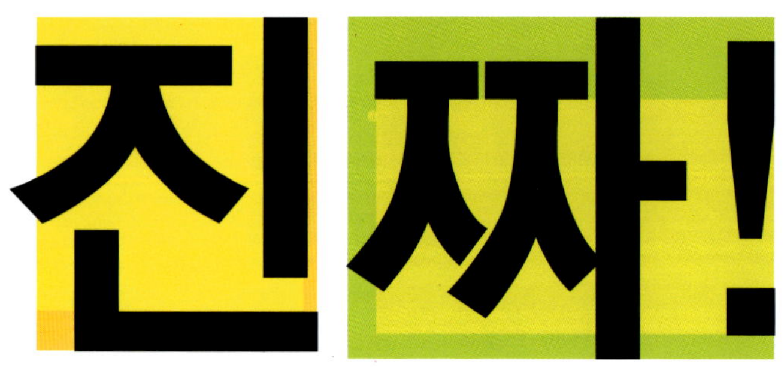

진짜로 그랬으면 좋겠다!

최고의 선물은
바로 당신이랍니다…
명심하세요!

지
루해...지루해...지루해...지루해...지루해...지루
해...지루해...지루해...지루해...지루해...지루해...지루해...지루
해...지루해...지루해...지루해...지루해...지루해...지루해...지루해...지루
해...지루해...지루해...지루해...지루해...지루해...지루해...지루해...지
루해...지루해...지루해...지루해...지루해...지루해...지루해...지루해...지루해...지
루해...지루해...지루해...지루해...지루해...지루해...지루해...지루해...지루
해...지루해...지루해...지루해...지루해...지루해...지루해...

(너에게)

사랑하는 사람을 곁에 두고

그렇지 않은 양 웃으며 사는 건

정말로 피곤해

왜 갑자기

그 사람이 떠오르는 거지?

보고 싶다고 볼 수 있는 것도 아닌데

타나지 않게 외로워 하는 건

정말로 힘겨운 일이야…

넌… 알고 있니?

이 무수한 노력들을

내 맘을 알고 있니?

기꺼이…

(내 마음)

이게 다가 아냐

이게 전부가 아냐

♥♥♥♥♥♥♥♥♥♥♥♥♥♥♥♥♥♥♥♥♥♥♥♥♥♥♥♥

살면서 천천히

★★★★★★★★★★★★★★★★★★★★★★★★★★

하나씩

＋＋＋＋＋＋＋＋＋＋＋＋＋＋＋＋＋＋＋＋＋＋＋

하나씩 보여 줄께

전할 수 있는 내 마음

~내 그릇이 요만해서
채울 수 있는 양이라곤 고작
고만큼 뿐이야…

네게 줄 수 있는 사랑이
고만큼이야…

PS 하지만 이건 내 전부야…
가진것 모두를 널 위해서…

어떤가요...
그대 아름다운 모습 그대로 있나요...
아직까지 당신을 잊는다는게...
기억 저편으로 보낸다는게 너무 힘이 드는데...
하루 종일 비내리는 좁은 골목길에...
우리 아끼던 음악이 흐르면
잠시라도 행복하죠... 그럴때면...
너무 행복한 눈물이 흐르죠...

가끔씩은 당신도 힘이드나요...
사람들에게서 나의 소식도 듣나요?
당신 곁을 지키고 있는 사람 있나요?
그를 아프게 하지는 않나요?
그럴리는 없겠지만...

이젠 모두 끝인가요...

정말 그런가요?
우리 약속했던 많은 날들을...

나를 사랑 했었나요?
아닌가요!

이젠 당신에겐 상관 없겠죠...!

이젠 새로운
사랑을 하고
싶어요...

(어떤가요?)

어때요…?
잘 계시죠…
잘 지낼 거예요…^^
잘 지내셔야만 합니다!

박화요비 〈어떤가요〉

기다림에는 이유가 없다...

내가 아직까지
당신을
사랑하고 있다면
당신은…
믿을 수 있나요?

저런 아픔을
이해할 수 있는
그런 사랑이 있기는 있는걸까???

사랑이 너무 힘들다

난 사랑이 너무나 힘들어… 이제는 두렵기까지 해…
바보같이 모르고 있었어… 나 혼자 모르고 있었어…

왜 마음이 변했어… 왜 말을 안 했어…
조금만 눈치를 줬더라면 준비를 했었을텐데…

나 붙잡지 않을께… 내 걱정은 하지 마…
난 네가 시키는 대로 살아왔었으니깐…

보고 싶어 참다가 힘들면 가끔씩 전화할지도 몰라
내 목소리 듣기가 싫어도 옛정을 생각해 받아줘…

참 사랑이 우습다…
난 할 말이 없다…
떠난 널 미워도 해봤지만…
도무지 밉지가 않아
날 잊지를 말아줘…

내 이름은 기억해…

왁스 〈사랑이 두렵다〉

그녀에게

다른 사랑이 생겼습니다

두번째 사랑

하지만

난 아직 그녀를 보낼 수 없습니다

왜냐하면

:

왜냐하면

그럼에도 불구하고

아직도 그런 그녀를

사랑하니까요.

나… 그녀…
그리고…
그녀가 사랑하는 그 남자…

ps 나와 그 남자가 앉으면 무효!
처음부터 다시~

~나에게 넌…
당신은
내마음의
나침반 입니다…

나에게 넌

당신은 내 인생의 나침반!

나를 당신에게 이끄는 북극성

밤하늘에 수놓은 은하수처럼

당신은 나에게 화려한 오로라입니다.

당신…

날 인도해 주세요.

표현하지 못하는 마음이 있습니다.

주지 못하는 사랑이 있습니다.

감출 수밖에 없는…

아픔으로 돌아오는 그런 사랑을

사랑이라고 꼭 간직하는…

여린 마음이 있습니다.

그럼에도 불구하고 사랑합니다.

알려줄 수 없는 ··· 비밀 하나!
내 진심을 당신이 알면 절 멀리할까 봐 ···
더 이상은 가르쳐 줄 수 없군요 ···

알려고 하지 마세요 ··· 내 진심을 ···
당신을 연모하는 내 마음은 ···
판도라의 상자!

만땅!

'트로이 목마'를 보고 생각했다.
그렇게…그렇게…
그녀의 마음속에 숨어들 수 있다면…

(뭘까)

생각만해도 두근두근…

가슴이 뛰는데…

그게 뭘까????

이런 감정은…

???

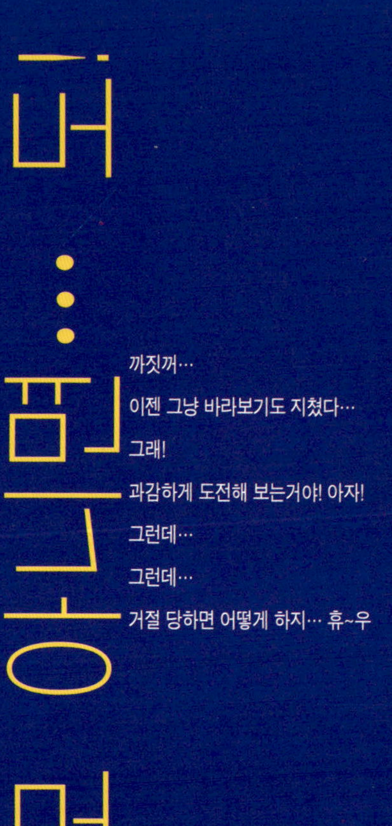

까짓꺼…

이젠 그냥 바라보기도 지쳤다…

그래!

과감하게 도전해 보는거야! 아자!

그런데…

그런데…

거절 당하면 어떻게 하지… 휴~우

그도 당신과 같은 생각을 하고 있을 거예요!
정말이랍니다…따뜻한 눈빛으로 그를 바라보며
용기를 내어 그에게 말해 보세요!

"..당신을 사랑해도 될까요?"

주의할 점 : 절대 낡거나 깨뜨리지 말건 !
꼭, 유통기한을 확인해야 함 !

뭐야 이건 ?

제발 내 편을 들어주는
사람이 있었으면 좋겠다.
제발 내 말을 좀 들어주는
사람이 있었으면 좋겠다.

너만…
너만…
내곁에 있으면 돼.
너만…
오직…

세상의 모든 적들로부터
이젠 당당히 맞서려고 합니다…

당신과 나…우리
더 이상 혼자가 아니라고
그렇게 내게 힘이 되어 줄래요?

지우고 싶은 기억들이 있는데…
지울 수만 있다면…하나 둘 없애다 보면…
언젠간 깨끗해 지겠죠?
그런 지우개가 필요한데…
PS 잊고싶은 사람이
있습니다!!!
쓱~쓱

지우개

사랑의 깊이가 깊을수록

더 아프겠지요.

그래도 잊고 살수 있다면

그럴수 만 있다면

그럴려고 노력해서 되어진다면

그렇게 꼭 하세요.

반드시…

ㅂ

날씨 좋다!!!

행하기 좋은날...

비

어제부터 계속 비가 오네요.
이렇게 비가 줄기차게 내리는
어느날엔
가까운 넘들끼리
옹기종기 모여서 쑥덕쑥덕…
"역시 막걸리에 파전이 최고야!"

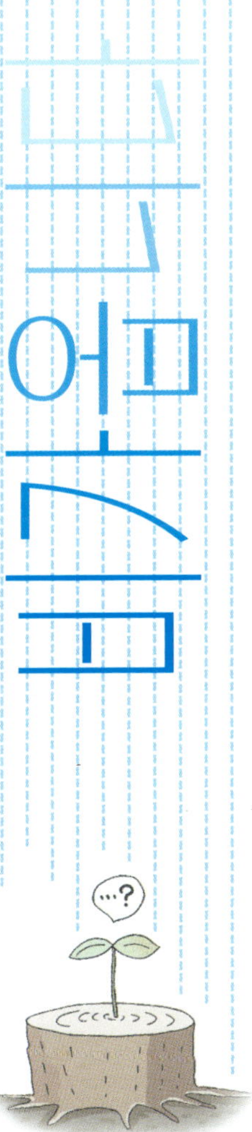

너에게 난

폭 넓은 긴 우산처럼…

한여름 불볕에 깊고 넓은

마로니에 나무 그늘처럼…

당신은 나에게 그런 존재 입니다.

그런 소중한 사람입니다.

적어도 나에게는

고마워요.

그리고… 감사해요.

세상을 살아가는 방법이 다양하듯이
내가 당신을 의지하며 사는 것도
한 방법이랍니다...

이젠
당신과 나는
피를 섞은
나이예요 . . . .
쪼~옥

(관계)

당신은 아니라고 해도…
이미 우린 한몸이 되었습니다.

당신이 아니라고 해도…
당신이 결코 아니라고 해도…
…당신이

좋거나 싫거나…

이미 우린 한배를 탔다.

믿거나 말거나…

이미 우린 남들이 보기에는
한팀처럼 되어버렸다.

자… 이제 넌 어떻게 할래?

~ 친구를 가지려면···
먼저 친구가 되어 주세요!

ps 우리의 신뢰와 믿음이
영원하기를 바랍니다!

매일 똑같은 날들의 반복이라지만...
오늘은 어제의 당신이
그렇게 꿈꾸던 내일이랍니다!

만약 당신이 기회를 잡고 싶다면...
과감히 커다란 문제에 도전 해보세요
오늘 당장!

두렵다…

새롭게 시작하는게 두렵고…
이미 가진 것들을 버리기엔
더 더욱 두렵다.

여기까지 오기에 너무 힘들었고…
이만큼 이루어 놓는데
무척이나 공들였었다.

그런데… 그런데…

내가 온 만큼 시대가 더 빨리 앞서 가버렸다.

난 시대에 뒤떨어진
낙오자가 되어버렸다.

과거의 가치들이 소용없어 졌고…

이제 난 새롭게 변하거나…
혹은 여기서 죽을 수밖에 없다.

…오늘

너무 힘들어 죽겠다구요?

음… 저도 그렇습니다.

언제부터 그랬는지 모르겠지만

항상 막바지였고

고비였습니다.

그런데… 그런데 말이죠…

여기서 포기하기엔 너무나 억울하네요.

조만치 앞이 안 보이고 사방이 칠흙같이 어둡지만

언젠가는… 언젠가는…

이 모든 고통들이 사라질것을 믿습니다.

반드시!

지금 몹시 힘들다고요?
조금만 참으세요…

언젠간 먹구름이 걷히고
반드시 밝은 해님이
당신을 반겨줄 거예요!

그때까지 조금만…
아주 조금만 참으세요!

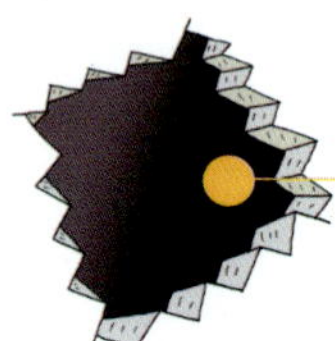

이건 탈출구야!

모든 경우의 수를… 헤아려 보자!

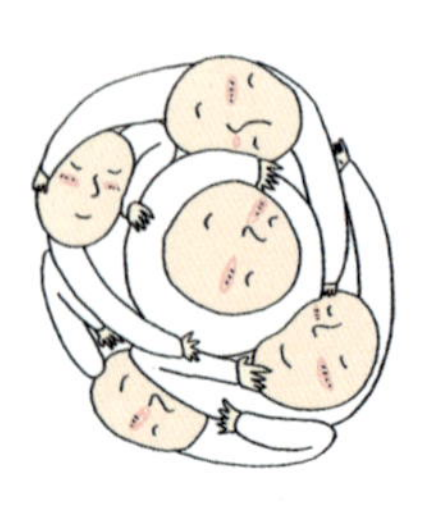

모든 것들이 잘 안 되고 있습니다.

잘 안 되기는커녕 아주 곤두박질치고 있답니다.

이젠 더 이상 추락할 곳도 없고…

잃어버릴것도 없네요.

현재까지는…

하지만…

이대로 주저앉을 수만은 없습니다.

적어도 지금은…

아직은…

아직까지는…

그날이 올 겁니다…
반드시…
그 꿈만 잃지 마세요…
곧 크게 기지개를 펼 날이
다시 올 겁니다!
그러니 지금은
잠나만 뉘세요…

~조금만
아주 조금만
기다리세요!
~기적은 언제나 …
예고 없이 찾아옵니다!

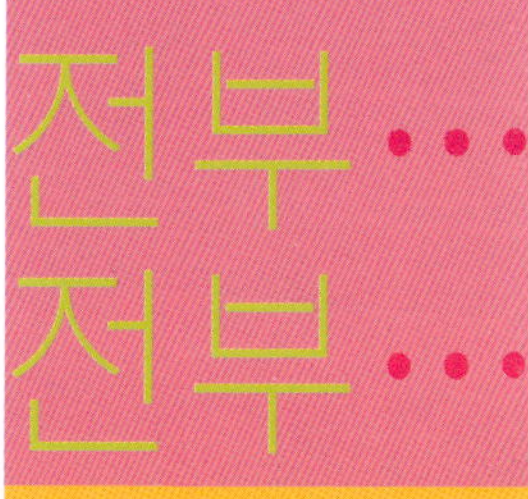

전부… 전부…

내가 전부라고 생각했던 …그 모든 것들이…
이제 와서는 편한 것들이 없습니다…

시작할 수 있다면… 다시한번… 나에게 그렇게 어느날 갑자기…

겨울엔 봄의 아지랭이를…

한 여름의 시원함을 기다립니다.
촉촉한 봄엔

뜨거운 여름엔
떨어지는 나뭇잎을 생각하며…

낙엽지는 가을녁엔
펑펑 내리는 함박눈을 그리워합니다.

온통 세상이 하얀 그 해 겨울에
나는 다시 우리의 봄을 꿈꿔 봅니다.

새해에는 꼭 하고 싶은 일들이 있습니다.

봄

(오래된 연인)

정말로 오래 전에
사랑했었던
그녀에게서…

아주 우연찮은 계기로
잊고 살던 나에게
이멜을 보내왔다.

" 잘 지내냐고…"

낯설은 언어들로 가득 메운
그녀의 안부… 들…
그 존칭들이 나에게 말을 건넨다.

"우리 정말 오랜만이지…"

오랜만에 마련되어진 그녀의 안부가
나를 불편하게 한다.

'내가 정말로 사랑한 그녀가 맞을까?'

그녀에게 답장을 보낸다.
아주 일상적인 말들과 안부
식상한 단어들로 조합되어진
글들이 말을 한다.

'그래서 이제 와서 뭘 어쩌라구… 더 이상은'

옛사랑이 아직도 나를 설레게 한다…

'널 기억하고… 널 사랑했던 설레임들이 내 안에서 다시 꿈틀거려…'
'넌 잘 사는거… 지?'

자기 뒤꽁무니만 쫓는 일은 그만 둡시다···
:
~ 예전의 나를 잊고 다시 새롭게 출발!!!
헉~헉

I'm not that man anymore…

다 잇고 새 출발하고 싶습니다.

난 예전의 그런 사람이 아닙니다.

더 이상 그런 사람이 아니여요.

…드디어 앞으로…

언제나 도전하고

항상 앞서가는

지금의 조그만 수고로움이
앞으로 나를 더욱 크고, 넓게
곤고하게 할거라는
그런 믿음으로 살아가고 있습니다.

이런 나의 의지와 희망이
마르지 않는 샘처럼
언제나 나를 지배했으면
바랍니다.

아멘!

~정상이
~난 물고기는 물살을
거슬러 올라 헤엄친답니다!
~편하게
사는 거야…

~위기가 당신에게는 곧 기회입니다 …
오늘 당신은 기적을 이루어 낼 것입니다 …
탁 탁 탁 탁 탁
~걱정 마

오늘부터

내가 **당신을** 지킬 것입니다.
걱정하지 마세요!… 아무것도
나만 믿어요. **영웅탄생!**

당신의 사람이…

나에게

너무나 어울리지 않는 곳에서
살아가려고 하고 있다면
더 큰 꿈을 이룰 수도 있는데

너무나 소박한 생각으로

나를 망칠 수도…

당신의 미래는 더 나을 수 있다!
다만 문제는, 당신이
현재를 어떻게 바라보는가에
달려 있다 . . .

내가 생각하는 그만큼만
미래를 만들어 갈 수 있습니다!

…난 할 수 있습니다!

좋은 환경에서…

훌륭한 사람들과
가치있는 미래를 논의할 수 있는
행운이 항상 나에게 함께 하길

소망합니다.

잘하고는 있는건지…

잘 해낼 수 있을까?
넌 잘 해낼 수 있을꺼야!

오랜만에 주어진 나의 안부 …

" 잘살고 계시죠?"
" 잘 사셔야 합니다!"

~혹시 당신 ...
해상을 쫓는건 아닌가요?

꿈 (DREAM)

유년시절에 가끔씩 악몽같이 꿈꿨던
그 기억들…이
성년이 되어선 짙은 밤꽃 향기같이
마음을 뒤흔드는군요.

십 년이 지난 후

우린 또 무슨 추억을 기억할까요?
당신과 같이 그 추억들을 회고하길 빕니다.
당신 추억속 기억의 주인공이 아니기를 바라며…

내 소원은 딱 하나…

당신과 같이 있는 것

당신이 나를 사랑해 주는 것

당신이 나를 그리워 해주는 것

나의 당신에게…

작은 소망이 큰 꿈을 이루는 것처럼···
큰 꿈의 시작은 소박하지요!

내 자존심을 잠시만 맡겨둔다 !

제기 ㄹ…ㄹ…ㄹㄹㄹ!

빨리 돈 벌어서

창업 해야겠다.

잘 좀 부탁해…

난 항상 너만 믿고 있었어!
그래 줄 수 있지 응^^

~만약 당신이 없다면…
우리는 아무것도 할 수 없습니다!
~내가 최고…
나야!
~우왕
~좌왕
흥, 나!

내마음의 욕심과 욕정을 배신하고,
나를 짓누르는 시기와 질투를 날해한다 ...

제대로 멋지게 살고 싶다

하고 싶고 갖고 싶고

먹고 싶고 주고 싶은

그렇게 폼나게 살고 싶다

멋진 차, 넓은 집, 예쁜 여자친구

그걸 갖기 위해 오늘도 난

뼈빠지게 일하고 있다

달콤한 인생

꿈

살고 싶은 곳이 있다.
같이 살고 싶은 여자가 있다.

나무 키우며, 조그만 밭일구고
그렇게 소박하게 조용히
아무도 모르게 단 둘이서만 살고 싶은 곳이 있다.

…

이젠 힘들더라도 주말이면 시간을 내서
그런 곳을 찾아야겠다.
내가 많이 부족하더라도 이젠 나만을 사랑해주는
여자를 찾아야겠다.

그래서 그림 같은 곳에서… 음악같은 행복을 부르며…
시와같이 고즈넉하게 늙어가고 싶다.

너도 그렇게 살았으면 좋겠어…
난 이제 아주 잘 살 수 있을 것 같은데.

n·o·w

넘들 얘긴인양 알았더니 ...
이제 울 회사도 어렵단다...

보너스가 **50%** 밖에 안나왔단다...
이런 할부금은 어떡하지....

뭐... 월급도 안나오는데도 있다구....
그걸 나보고 **어쩌라구**...

음... 지금 연봉 두배 주겠다고
꼬시던 데도 몇군데 있었는데....
못이기는 척 갈껄 그랬나 ???
^^

가난한 그림쟁이....
회사 망하면 뭘해먹고 사나 !

a·f·t·e·r

5년전에 산 내맘에 꼭 드는 **까만 선글래스**를 끼고...
까만 배낭에 흰 7부 바지...
청색 실크 긴팔 남방을 입고....

난 갈꺼다....

이탈리아 피렌체....

'냉정과 열정사이'에 나오는 그 도시에서... **잠깐이라도**
숨을 쉬어 봐야지... 숨을 쉬어 봐야지 숨을 쉬어 봐야지

글구 '두오모 성당'에서 그녈 불러 봐야겠다....

" 가난한 그림쟁이라도 좋다면...
우리 한번 사귀어 볼래 ? "

가진건 없어도 꿈 많은 그림쟁이
앞으로 2년후의 내 모습...
이탈리아, 로마, 파리, 이집트, 그리고 지중해를
바라보는 크루즈 난간 위에서 적포도주를...

~조금 늦었지만 제대로 왔잖아!
언젠가는… 반드시 세상을 통째로 먹어버릴 거다!

이대로 주저앉을 수
없다는 오기와...
나는 해낼 수 있다는
믿음이...

지금 내 인생을 밝히는
등대랍니다...

- 드라마 '결혼하고 싶은 여자'중

복잡한 삶이란 게…

슈아아

비행

제대로 가고 있다고 그렇게 말해 줄래요!
온전히 가고 있다고

그래서 당신에게 다가갈 수 있다면
아니 그럴 수 도 없겠지만

그래도 잘살 수 있을 거라고

그런 위안 정도는
해줄 수 있잖아… 응?

선택

어느 먼 길을 가다보면 때때로… 갈림길에서

어느 쪽으로 가야하는지 망설이는 순간이 옵니다.

최선의 선택이라며 어느 한쪽 방향으로 발을 내딛지만…

그런데…

그런데…

그게 말이죠

정말 그것이 최선이었을까요?????

혹시… 혹여…

내가 좀 더 쉬운 길로 좀더 편한 방법을 취한 것은 아닐까요?

이제서야 걱정이 되는건 또 뭘까요?…

~10년 후에 돌아본 오늘이
결코 후회되지 않기를
간절히 바랍니다!

PS 지금은 이것이 최선의 선택이라고
그렇게 다짐해 봅니다….

~따라오든지
아니면...
침묵하라!

~ '다수결의 원칙'이 항상 옳은가?
다만 우리가 그렇게 생각하는건 아닌지 ...

항상 다수의 논리가
정답이 될 수는 없습니다.
소수의 반대 급부도
할 말은 많이 있답니다.

당신들과 다른 생각을 갖고 있다고 해서
말 못 하는 그들을
이단이라고…

심판하지 맙시다!

정말
그랬으면 좋겠다!

우리 삶도 유턴할 수 있다면…
얼마나 좋을까요…
~갈몬
왔나봐!

돈
명예
권력
사랑
가족
우리는 무엇으로 사는가?
우리는 무엇을 위해 사는가?

아직도 나에게 무언가를
선택할 기회가 주어진다면…

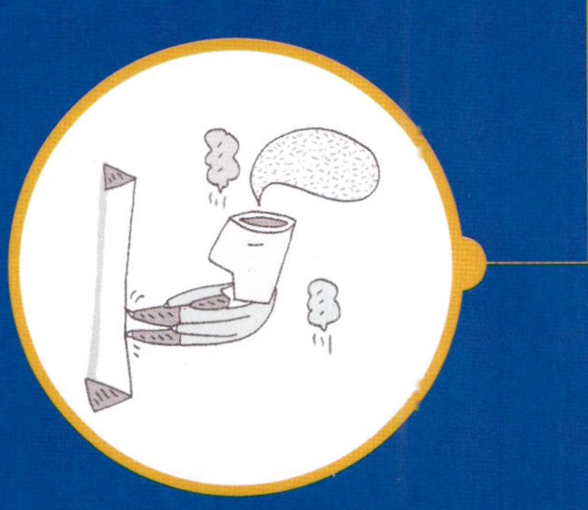

세상엔…
외로운 것들이…
참 많다…

(독신주의)

외로운 가방

외로운 자전거

외로운 자동차

외로운 아파트

외로운 주전자

외로운 라디오

외로운 내 친구

그리고 외로운 나

세상엔

정말

외로운 것들이 많네…

가끔씩 너무 힘들어
울고 싶을 때가 있다.

그럴 때 누군가가 손을 내밀어 주면
얼마나 고마울까.

컴컴한 골목길을 혼자 걸어갈 때…

퇴근 무렵 비가 주적주적 내리는데
우산이 없을 때…

모두들 잘나가는데
나만 정체되어 있는 것 같을 때…

이 세상에 나만 홀로 버려진 것 같은…

그럴 때… 세상이 두려울 때…

"괜찮아… 괜찮아… 넌 잘해낼 수 있어!"

라는 위로가 필요해…

네가

힘겹고 어려울 때… 주저앉고 싶을 때…
그럴 때 선명하게 나를 인도하는
인생의 이정표가 있었으면 좋겠습니다!

내가 생각하면... 넌 행동하고...
그렇게 우리 살아갑니다!
~결정은 나만
하는 거야!

글쎄…
시작이라면 좀 건방진 것 같고…
끝이라고 하면 너무 우울하네…
네가 아는 나는
어떤 사람이지?

~단지 쉼표일
뿐이야…

…당신에겐
시작점입니까?
끝점입니까?

~오직 하나의 길에만 매달려서
더 나은 길을 찾을 가능성을
놓치면서 사는 건 아닌지…

- 성실한 삶

고지가 바로 저기데
조금만 더 노력하면 될꺼얘
조금만 더
더
그런데…

슬픈 노래

X-japan의 ‘forever love’를 듣다 보면 왠지 슬퍼진다.
노래 가사도 모르면서 음만 흥얼거리다 보면 왠지 슬픈(?) 내용일거라는
성인이 된 이 나이에도 슬픈 노래 가사나 멜로디를 들으면 나도 모르게
센치해진다.

‘네가 날 슬프게 하는데’

외로워서 외로워하는건지… 일상이 외로운건지…
잘 분간이 안 될 때에는 또 외로워진다.

고독이니 슬픔이니 하는 명상적 단어들보단,
그저 혼자 쭈구리고 앉아 이것 저것들을
상상하곤 한다.

잔잔한 숨소리에 정적이 흐르는…
하~아

이런게…

또 외로워 지는 걸까?

숨 소리가 가빠져…

…

사람들은 관습 등으로 인해 다르게
생각하기를 방해받을 수 있는데…
이를 '정신의 감옥' 이라고 한다

— 로저 본 외흐

넌 잡혔어…

하지만
우리는 알아야만 한다.

그의 슬픔을…

그가 가진 아픔을…

자신의 동지들을 쳐내야만 했던
그가 가진 비애와 고통

그가 평생 짊어지고 가야 할
남은 자의 슬픔을

다만 그를 다 이해한다고
하지는 못하더라도

그러면 "너라면 어떻게 하겠냐" 는
그의 물음을 외면 못 하리라.

나라면 어떻게 했을까?
적어도 나라면…

~ 네가 나로 인해 비롯되어졌음을
너는 그새 잊었는가!

네가 어디에서 왔음을
정녕 잊었단 말인 …

~내가 할 수 있는
유일한 건 널 아프지
않게 자르는 것뿐이야!

~다 탈 수 없다면...
누군가는 내려야만 한다면...
누가 내려야 할까요?
선장 ...
승무원...
승객...
...
...
내가 남아야 할
~이유는...
SOS

회사가 어렵단다

아주 많이 어렵단다

그래서 구조 조정을 한단다

엊그제만 해도 웃고 떠들던
정겨운 동료들이었는데

그중 누군가는 나가야만 한단다

누군가 떠나야 한다면
과연 우리 중에 누구여야만 할까?

맞벌이하는 여사원?
입사연차가 적은 후배?
나이 먹은 선배들?

내가 남아야 할 이유들을
종이에 적어보려 하지만

정작 몇 줄 못 쓴다

'난 아니겠지… 난… 아닐꺼야…'

우리는 항상 보이지 않는
누군가에게 사육당하고 있다!

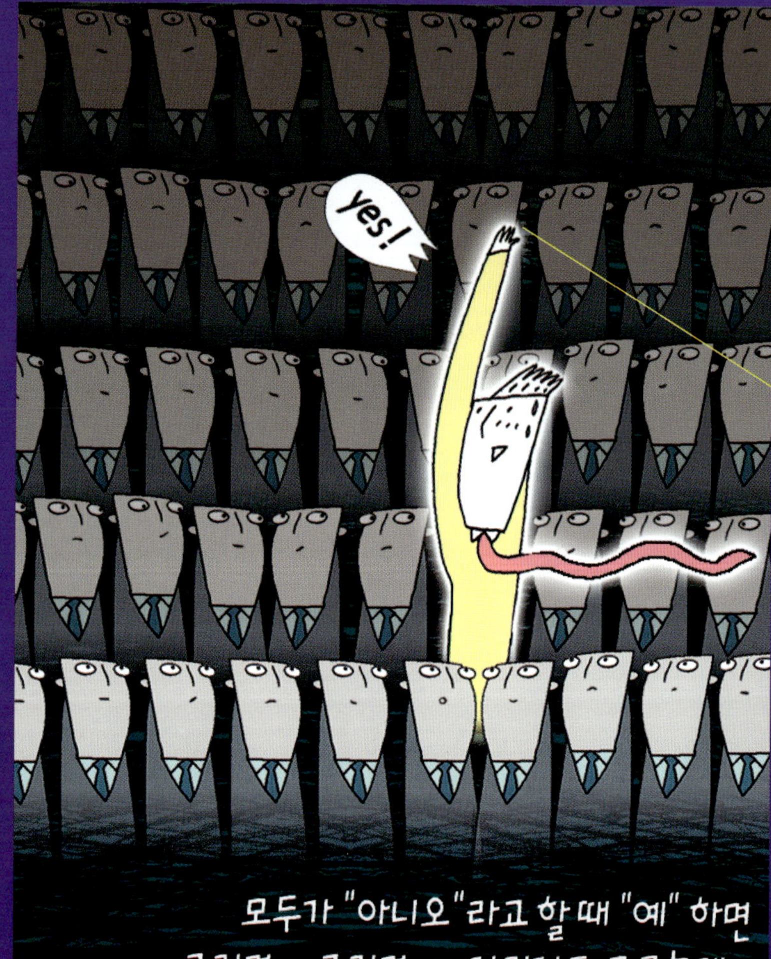

yes!
모두가 "아니오" 라고 할때 "예" 하면
…그러면… 그러면 … 잘릴지도 모르는데..

좀더 현명한 직장 생활을 하려면…
꼭 명심해야 할 것 몇가지가 있다…
그 중에 한 가지…
'진실이 통할기라는
믿음은 갖지 마!'

(혼자 사는 방법)

넘들은 주5일에 휴가다 뭐다 하며 부산하게
야단 법석을 떨고 있을 때

생일이다… 기념일이다… 또는 여러 가지 같잖은 이유들로
마음이 들떠 있을 때

그럴 때 나는 더욱 외롭다.
그럴 때 나는 더욱 서글프다.

그럴 땐 나는 마땅히 전화할 곳도 없다.

이런 우울한 생각에 어디 하소연이라도 할라치면…
대뜸 벼락 치는 소리

" 히스테리 부리지 마 "

이럴 때를 대비해서 준비해둔 것이 아무것도 없어
무방비…
무장 해제된 상태…

나는 할 말을 잃어버린 고인 물 속의 부유물이 되어버린다.

'혼자라는 것은 너무나 힘들어…
머릿속에 고독을 넣고 산다는건 너무나 힘겨워…'

어쩌면 그럴는지도 모른다.
내가 제일이라며 알고 살았던 것들
내가 최고일거라고
믿으며 행동했던 것들
그게 전부라고 생각했는데…
내 욕망이 저 멀리
자오선을 넘는다!

이 바닥에선
내가
최고야!
당신도 혹…시 ?

~ 잘 안 풀려…

(어느 늦은 오후에)

하루종일 헤메다 저녁 늦게 겨우
이곳에 안착하다.
나처럼 헤메다 온 손님들 4명

오늘 제대하자마자 실연당한 어떤

서빙보는 친구를 기다린다며
자꾸 옆에 추파를 보내는 어떤

어제 생일이었는데 아무도 모른다는

날씨가 아침부터 너무 좋아서
더 우울하다는 어떤

그런 어떤 것들 4명이 각자 들어와
함께 어울린 밤이었다.

크리스 왈 " 형 낼 또 올거죠! "

" 글쎄… "

정상에 올라서면
밑에서는 보지 못한 다른 세상을
볼 수 있겠지요.
아래서는 도저히 꿈도 꿔보지 못한
다른 이야기들

정상에서면
저 건너편의 다른 이들의
모습을 볼 수도 있을겁니다.
다른 삶의 형태…
다른 가치관들…

그리고…

살짝 고개를 숙이면
여기까지 헐떡이며 올라온
내 흔적들도 볼 수가 있겠지요.

그 정상에 나도
올라서고 싶습니다.

올라선 후에 후회라는것도
한번 해보고 싶군요.
그 꼭대기에서… 나도 한번…

~올라서 보면…
왜 무지개는 항상 건너편에만 있는 걸까?
~결국 정상에
올랐는데…

… 어떤것을?
줄 잘 서야죠…
한마디로 잘 잡아야 합니다!
명심 해세요!   줄!

누구는 누구 라인이다.

누구는 누가 뒤를 봐주고 있다.

학교, 고향, 취미생활 등등
우리는 다양한 경로를 통해
좀더 높은 사람들과
인연을 못 맺어 안달입니다.

해마다 인사철이면 선물이 오가며
뒤로 만나며 앞으론 짐짓
모른 척합니다.

잘난놈은 더 출세할려고…
못난놈도 한번 튀어볼려고…
이놈 저놈 가릴 것 없이…
다들 그넘의 줄을 만들려고
안달입니다.

젠장… 빽없는 삼류대 출신은
어떻게 하나…
적당한 넘 골라잡아
뒤에서 앞으로 나란히!
…

음… 오늘도 하루가 무척 길군요.

빽 없는 넘은… 그저 조심 조심… 앞만 보고 걸어가야 합니다…

주의사항 : 절대 밑을 내려다보면 안됩니다.
나보다 못 사는 넘들 보며 안주하면
당신도 그 범주를 벗어나지 못합니다.
알겠죠! 명심!

~ 옆을 볼 수도…
뒤를 돌아 볼 수도 없는…
오로지 앞만 보고 걸어야 합니다!

– 샐러리맨이 걸어가는 길

~ 한겨울 추위보다
꽃샘 추위가 속살 깊이
파고드는 법입니다 …
~고도
성장중
상 대 적
~ 빈 곤 감
…
…
비교된다 …
휘~잉
휘~잉

제2의 금융환란이니 뭐니 하며
지금 꽤나 어렵단다.

보너스는 고사하고 월급도 제대로 나올런지
모르겠지만

공무원들 주5일제 시행한다는
뉴스를 보며

왠지 나만 다른 나라에 사는것 같은 느낌은 무엇일까?

대한민국 만세

공무원… 만세

주 5일제 만세!

특정직업을 폄하할 생각은 추호도 없습니다.

다만 이런 현실이 가슴 아플 뿐입니다.
꽤나 똑똑한 5년차 후배넘은
지금 공부원 시험 순비중이랍니나… 왜?… 왜?
장가가려고… 안정된 직장을 갖겠다고… 음…

 너에게

" 난 심각한건 싫어요… " 라는 그녀의 말에
하고 싶은 말은 많았지만…

그것을 어떻게 어떤 방법으로
표현해야 할지를 잘 몰랐습니다.

하지만 이런 말은 꼭 하고싶네요.

" 모래알이든 바위든지 간에 바닷속에 가라앉는 무게란 마찬가지라고.
난 모든 것을 다 말하고 시작했지만 넌 그럴 수 있겠니… 너라면 그런 시작을 할 수 있겠냐고…"

어느 영화 속 대사가 생각난다고요?

새털같이 많은 날들 중에 오늘 하루가 또 지고 있습니다.

나의 영감이 바람을 타고 그녀의 동네에… 방에… 손끝에… 심장에… 전해졌으면 좋겠습니다.

그래서 못다한 내 마음들이 그녀의 마음속을
자유롭게 날아다녔으면 좋겠습니다.

나에겐 섭섭하게 했지만
그녀가 그녀의 소원대로
꼭 이루어졌으면 하고 바랍니다.
(그게 뭔지는 잘 모르겠지만)…

하루종일 집구석에서 웅크리고 있었습니다.

한마디도 못했는데
고함을 지르고 싶군요.

나도 알만큼은 안다고 ... 그런데...

나도 알만큼은 안다고… 그런데…
도무지… 이해할 수가 없다.
나만 뒤 처지는건 아닌지.
내가 왜 이렇게 됐는지.

이 속에 뭐가 들었는지…
이젠 짐작도 못하겠다…

…도대체 뭘~까?

ps
그걸 알기엔 난 너무 커버렸다!

춘春래來불不사似춘春
(봄이 와도 봄같지 않다!)
~그만 좀
그쳤으면…

아직도 그해 **겨울**의 추위가
가시지 않고 있다.

내 **심장** 끝 자락엔 차갑게 날이 선 **고드름**이
줄기줄기 매달려 있다.

봄이 왔으면 좋겠다.

나에게도 **햇살**이…

우리 아버지들의 직장 생활은 매우 고난하다.
젊어서는 살아남으려고 발버둥치다가,
이제는 자식 새끼들 때문에 하루하루를 근근이 버틴다
어쩌다 술이라도 먹을라 치면 아내에게 바가지를 긁히고…
직장에서는 쿨한 어린 후배들이 치닫고 올라선다.
상사의 짜증나는 목소리에 온갖 비위를 다 맞출라치면
갑자기 세상에서 외톨이가 되어진 느낌이겠지.

생존 본능만이 판치는 직장이라는 정글에서 오늘도
아버지들은 안 짤릴려고 버틴다.
오륙도… 사오정… 그것도 모자라
데스크 40대 초반 기수론까지 들먹이는 세상에서…
이젠 40대를 넘어선 평사원 가장들은 더 이상 버틸 명목이 없다.
20대 실업 청년들은 그들이 나가줘야 공백이 생긴다며

내심 속으로

반기는 모양이지만…

그대들의 아버지이자 20년 후의 당신의 모습이 이젠 축 늘어진 어깨로
생활정보지를 들고 서 있다.

' 이건 내 인생의 마지막 도전이 될 것이야… ' 라며
그는 나지막히 읊조리고 있다.

생전 한번도 생각해보지도 않았던 창업을 꿈꾸며…

이건 구명줄일
~뿐이야…

샐러리맨들은 날마다 번지점프를 한다!!!

...
~흔들~
비틀비틀
나이를 먹어간다는 건...
직급이 올라간다는 건...
무언가를 책임져야 하는 위치란,
나를 점점 더 힘들게 하는군요...
-위기의 남자

아무것도 이뤄놓은 것이 없는데… 어느새 중견 사원이 되었다.
위로는 그 어려웠던 선배들이 이젠 조금씩 만만해 보이고,
아래로는 어린 후배들이 마냥 어리숙해만 보인다… 직장 생활 10년… 차

이젠 무언가를 책임져야 하는 시기

나는 그들에게 어떻게 평가받고 있을까?
오늘도 그들의 미소속에 감춰진 속내가 궁금하나!

언젠가 읽었던 탈무드의 한 귀절

' 가죽공장에 들어갔다 나오면 몸에 가죽 냄새가 배고…
향수 가게에 들어갔다 나오면 향기로운 향수 냄새가 몸에 밴다는… '

내가 절실히 열망했던 지금 이곳이
나를 그렇게 만들어 주었는지는…
좀더 생각해 볼 문제이다.

하지만…

난 지금이 행복 하다.

내가 속한 그것에 따라서…
나의 모습과 평가가 달라질 수도 있다고 한다!
~그런데 그게 뭘까?

~뒷 바퀴가
너무 작아서…
~ 삐걱
~ 삐걱
밀어주는 힘이 약하면…
~ 빽도 능력이라던데!
…ㅠㅠ

강력한 후원자

강력한 후원자가 필요하다.

이 험난한 정글을 헤쳐 나가려면

현명한 길 안내자와 날카로운 비수가 필요하다.

내 잘난 몸뚱이 하나로는 고작 풀덩쿨을

헤쳐 나가기에도 너무나 역부족이다.

무언가가 필요한 이 시기…

백도 능력이다!…라는

나에겐 지금 그것이 강력히 요구된다.

어줍잖은 변명이지만

…제발! 나좀 도와 주세요…

~넌 나보다 낫다고 생각하니?

그렇게

사는건지도 모르겠다.
상대를 바라보며
나는 괜찮겠지…
나는 괜찮게 사는거야.
라고 자위하며 그냥
사는건지도 모를 일이다.
어쩌면 고작 겨우 살만큼만 해놓은 상황에서
하루하루 **사육**당하고 있는건 아닌지?

〈샐러리맨의 비애〉

나는 당신이 잘 해낼거라고
믿습니다!

나는 당신이 반드시 이겨낼거라고
확신합니다!

나는 당신이 결코 흔들리지
않을 거라고
자신합니다!

~ 흔들리지 않는 초심이 있습니다!
ps 당신의 저력을 믿습니다…
~이제 시작인걸!
~ 흔들리지 않는 초심이 있습니다!
ps 당신의 저력을 믿습니다…

TV에서 내게 말하길…
"인생을 즐겨라!" 라고 하더군…
공감 가는 이유는 왜일까? 정말!

~ 길을 걷다가… 문득 뒤를 돌아보았을 때…
걸어온 발자국들이 가지런히 뒤를
따라왔으면 하고 바랍니다…
~평탄한
삶을…
~우왕 좌왕!

너에게 들려주고 싶은 이야기